CW01184022

ISBN 978-2-211-22744-5
Première édition dans la collection *les lutins* : mars 2016
© 2012, l'école des loisirs, Paris
Loi numéro 49 956 du 16 juillet 1949 sur les publications
destinées à la jeunesse : septembre 2012
Dépôt légal : mars 2018
Imprimé en France par I.M.E. by Estimprim à Autechaux

Michaël Escoffier   Matthieu Maudet

Bonjour facteur

les lutins de l'école des loisirs
11, rue de Sèvres, Paris 6ᵉ

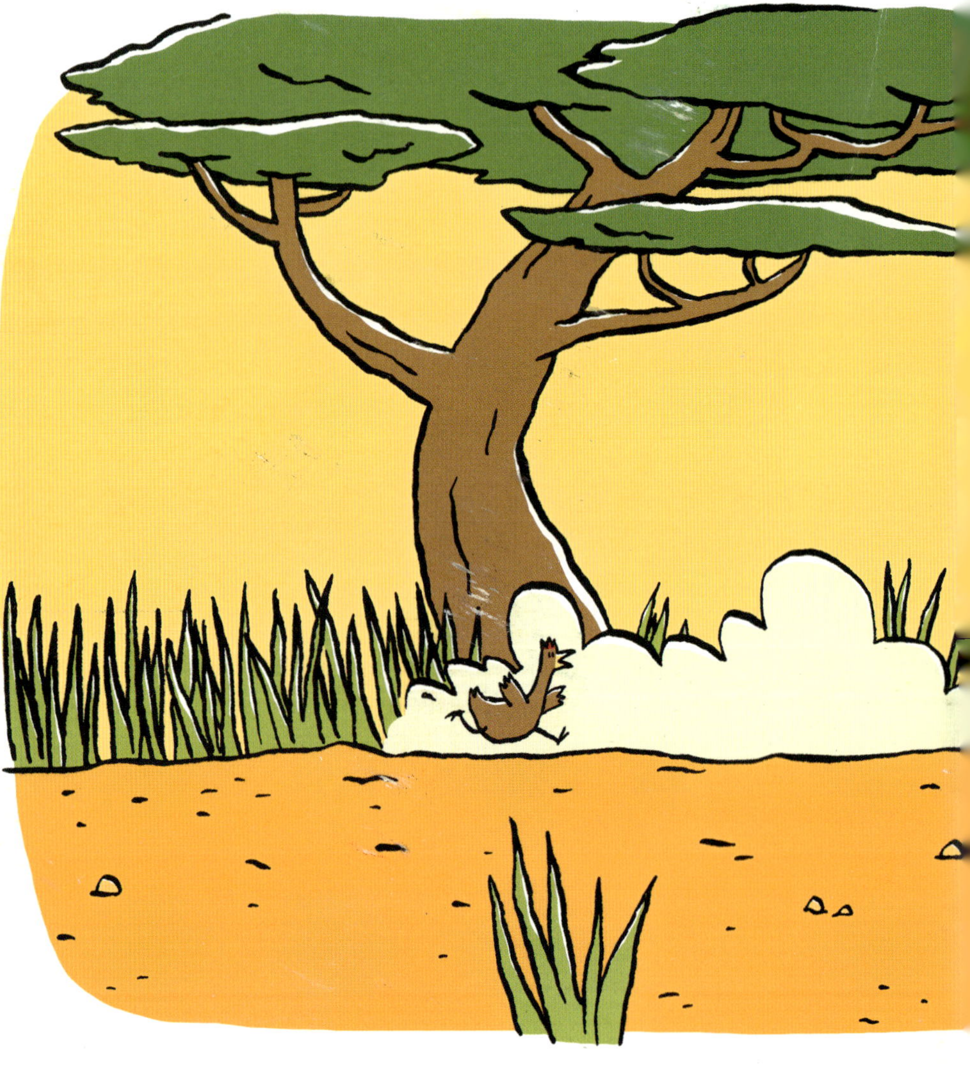

Pouêt
Pouêt

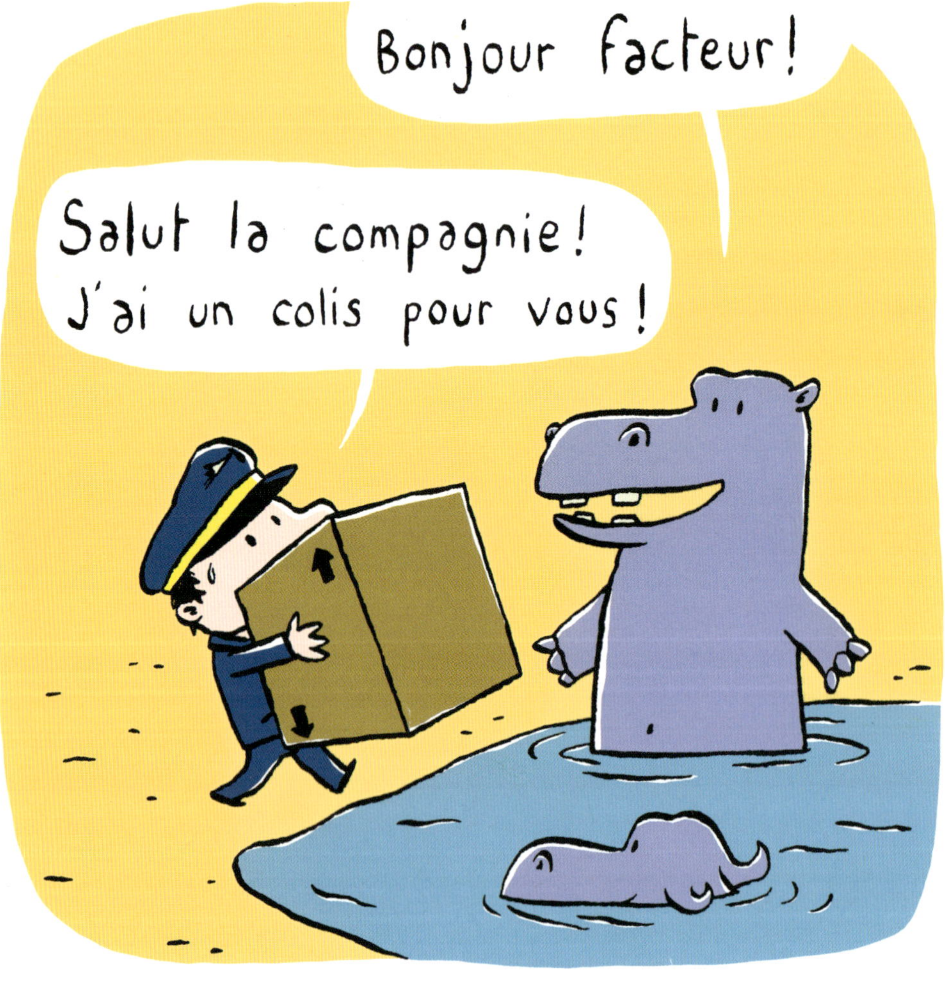
Bonjour facteur !
Salut la compagnie !
J'ai un colis pour vous !

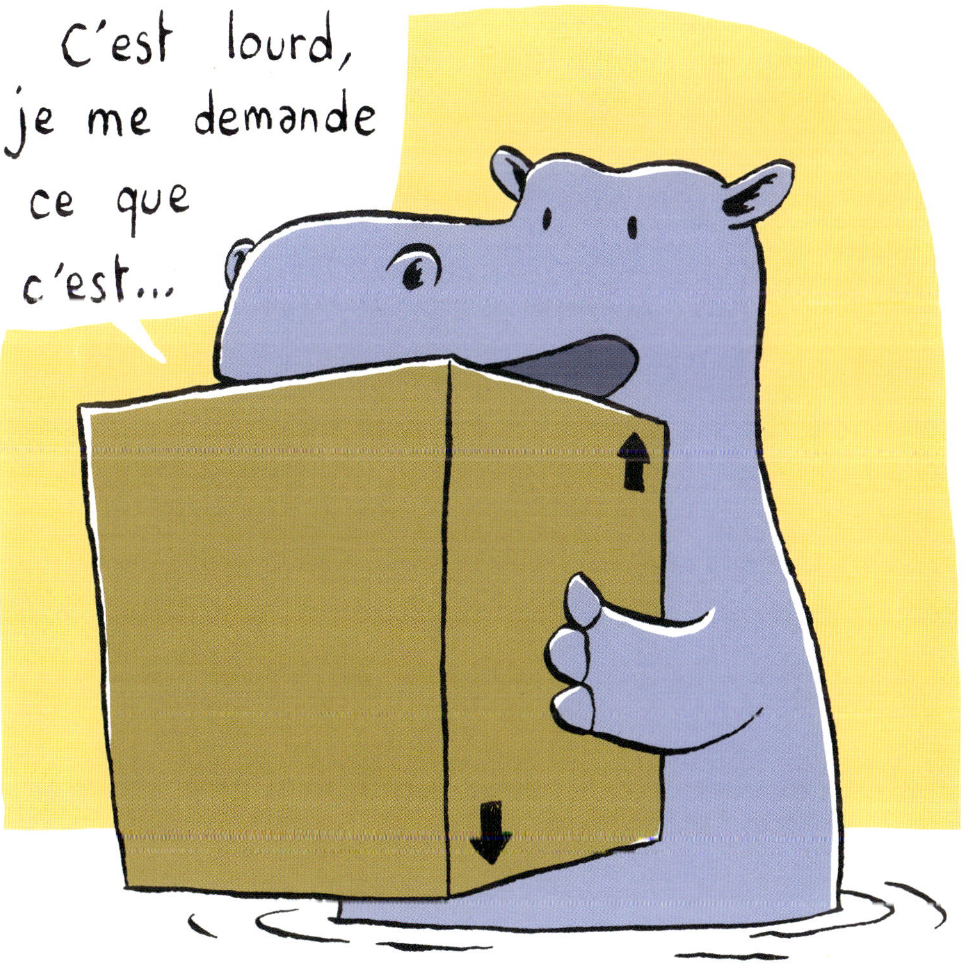
C'est lourd, je me demande ce que c'est...

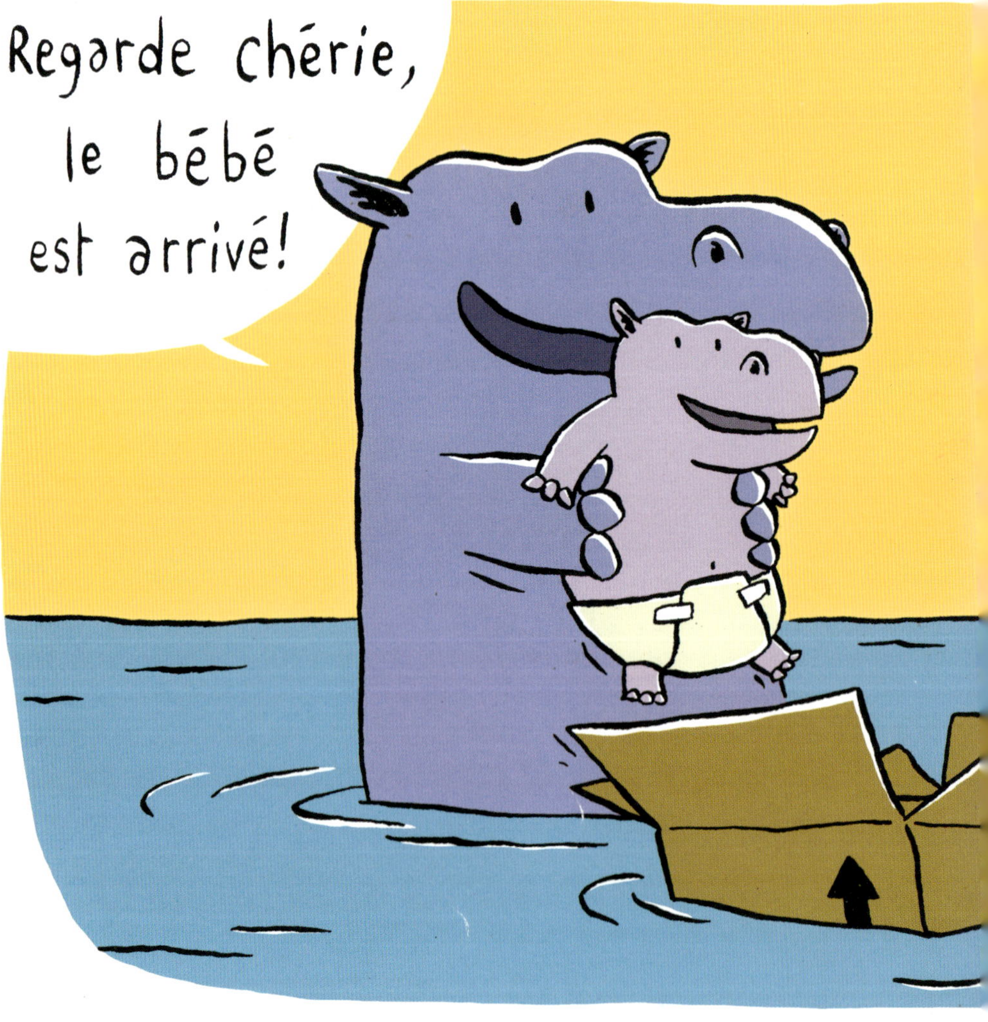
Regarde chérie, le bébé est arrivé!

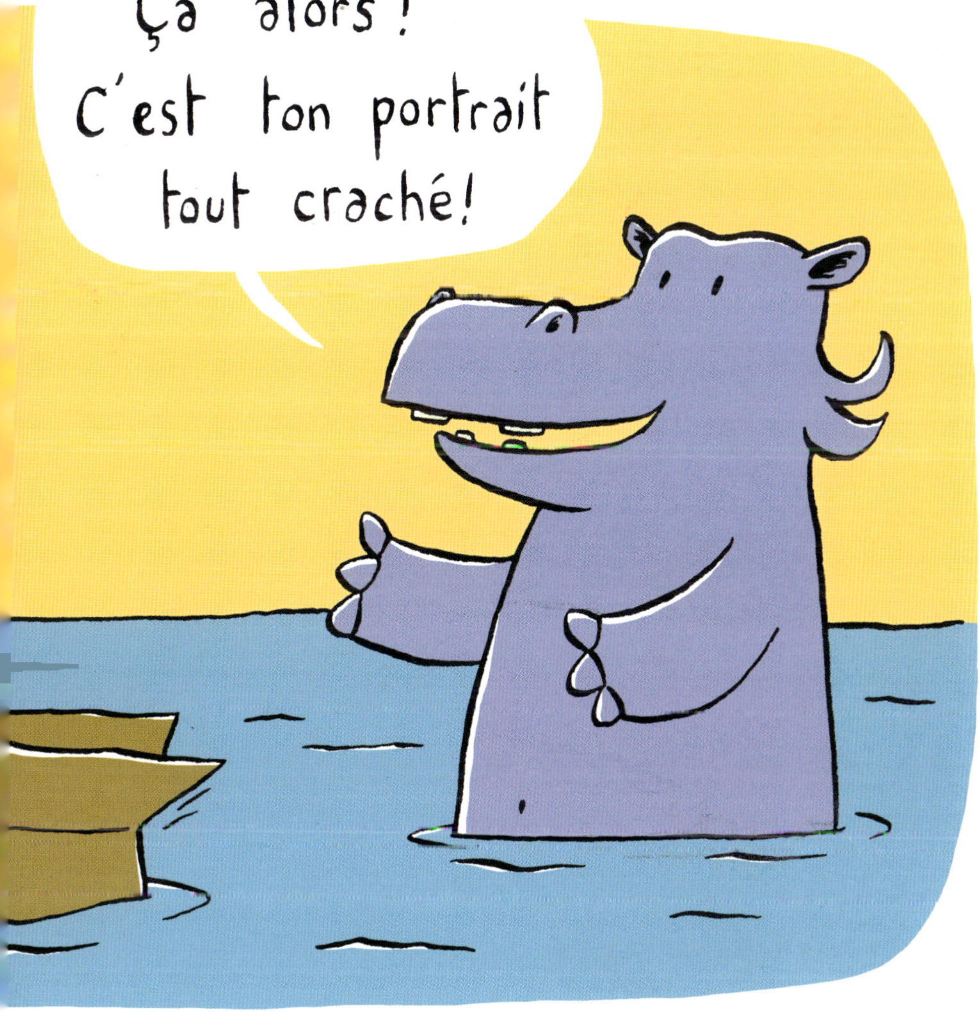
Ça alors ! C'est ton portrait tout craché!

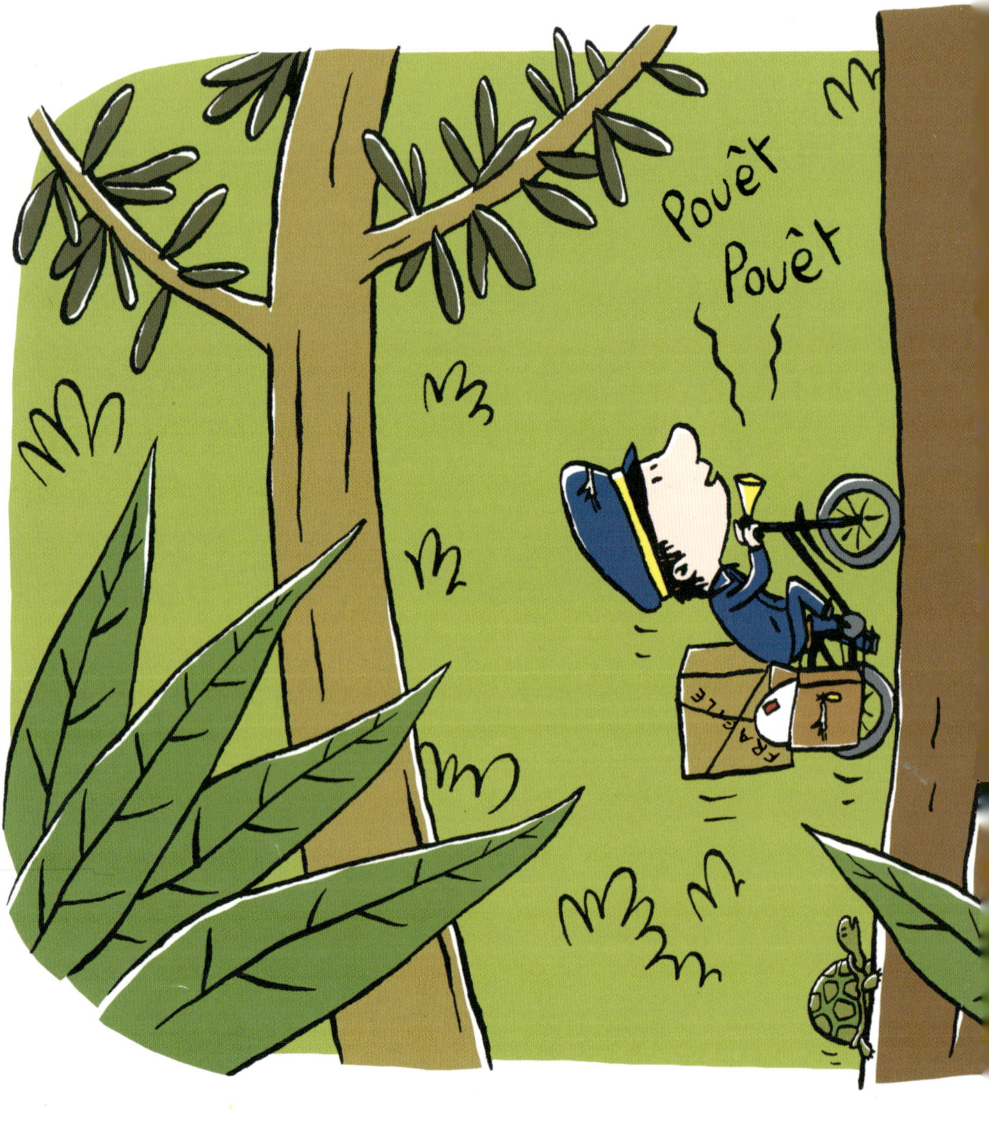
Pouêt
Pouêt
FRAGILE

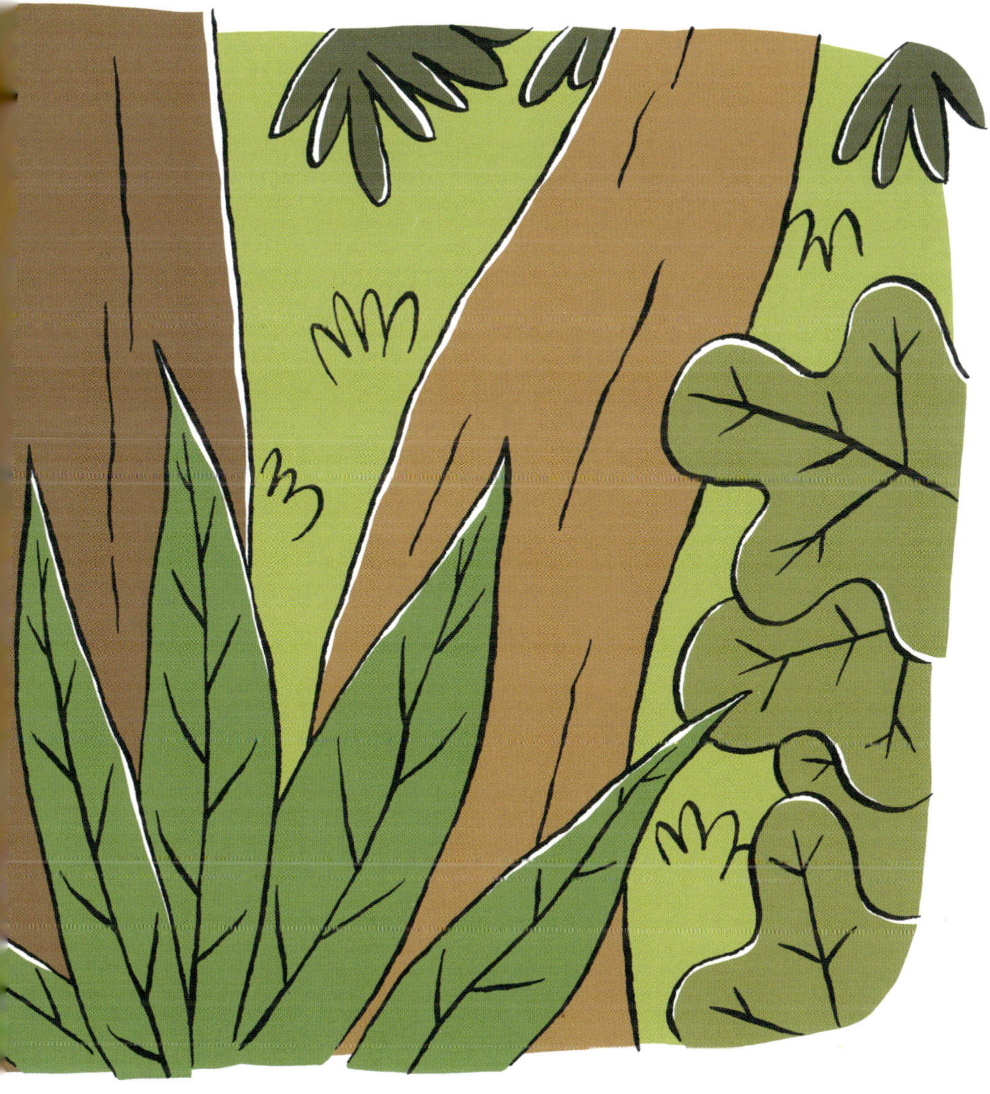

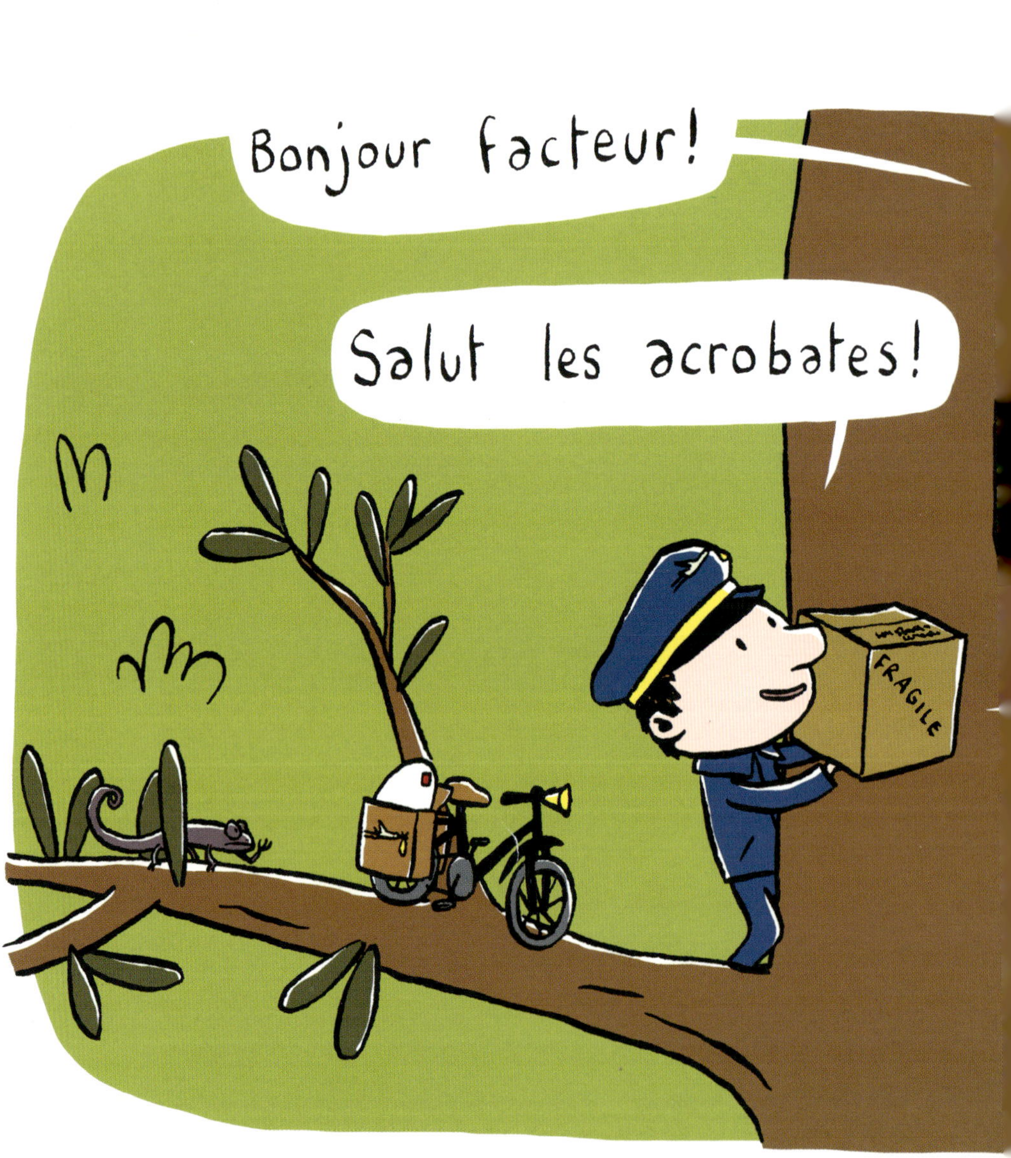
Bonjour facteur!
Salut les acrobates!
FRAGILE

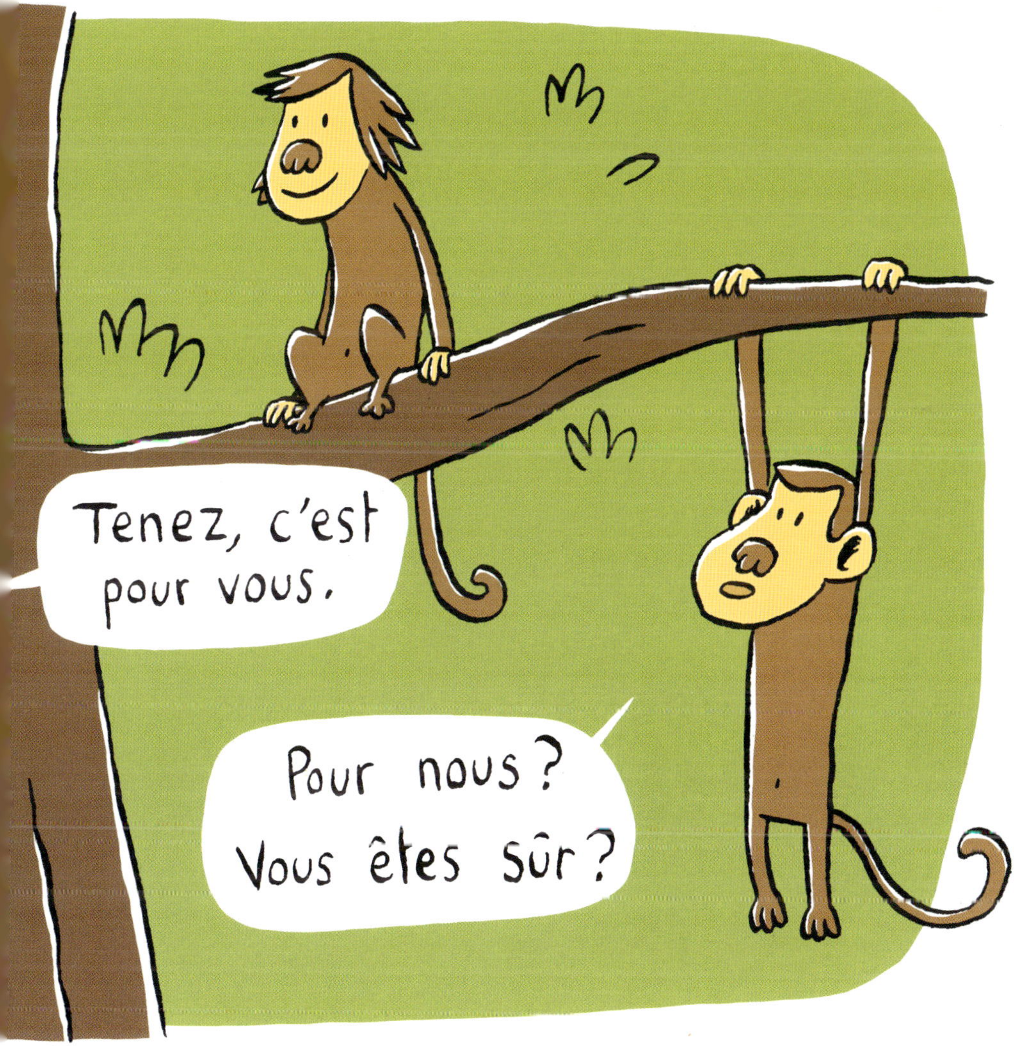
Tenez, c'est pour vous.
Pour nous ? Vous êtes sûr ?

Oh qu'il est mignon !
Attends, on dirait qu'il y en a un deuxième...
FRAGILE

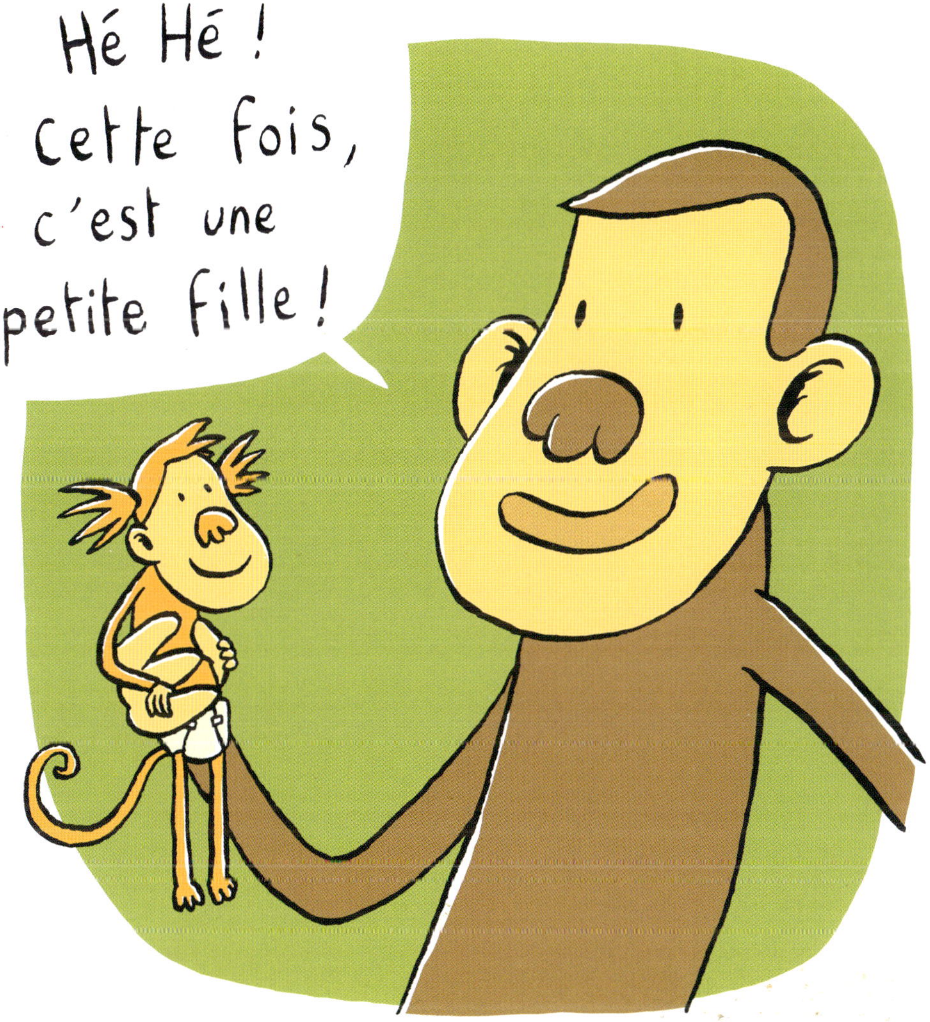
Hé Hé ! Cette fois, c'est une petite fille !

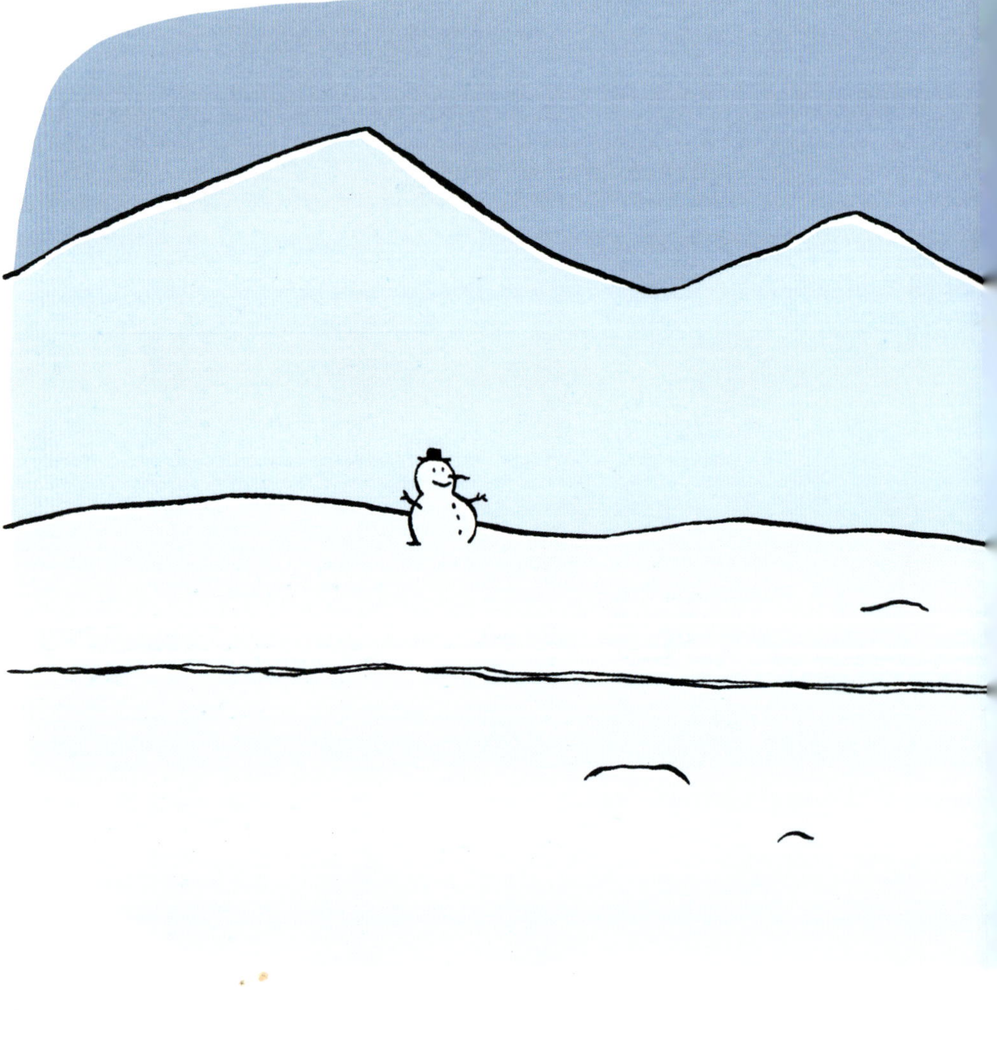

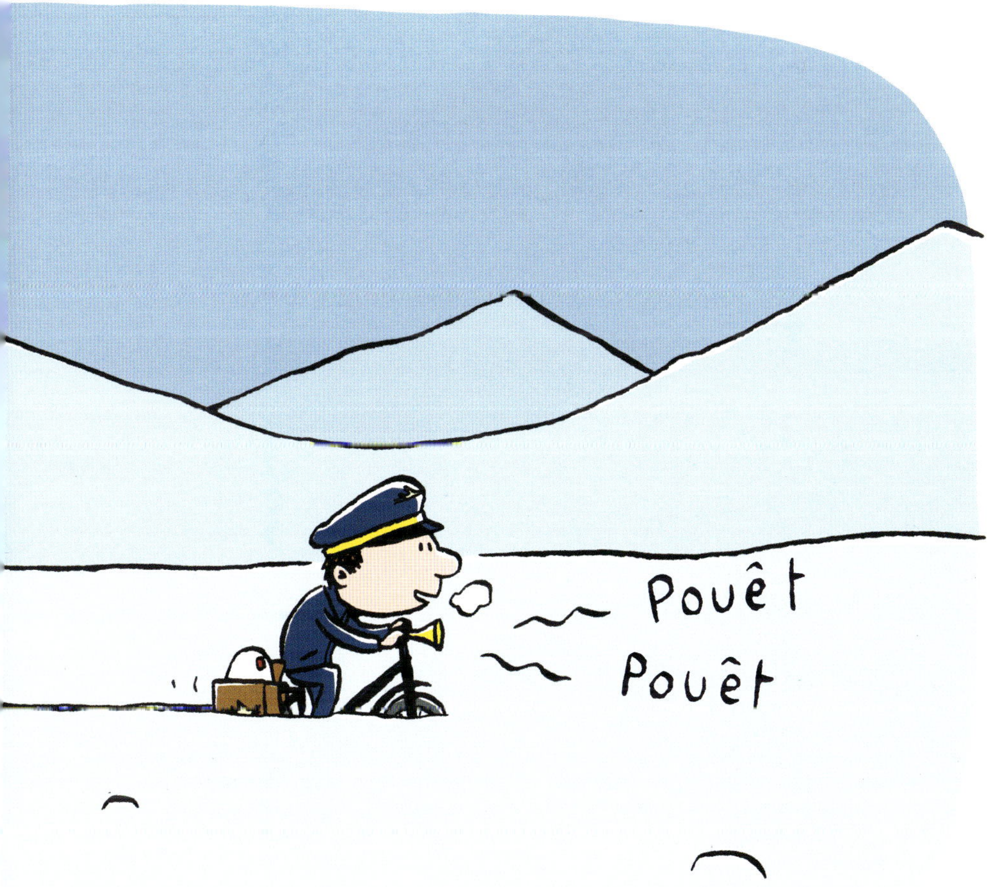
Pouêt
Pouêt

— Bonjour facteur !

— Salut les amoureux ! Voilà votre commande.

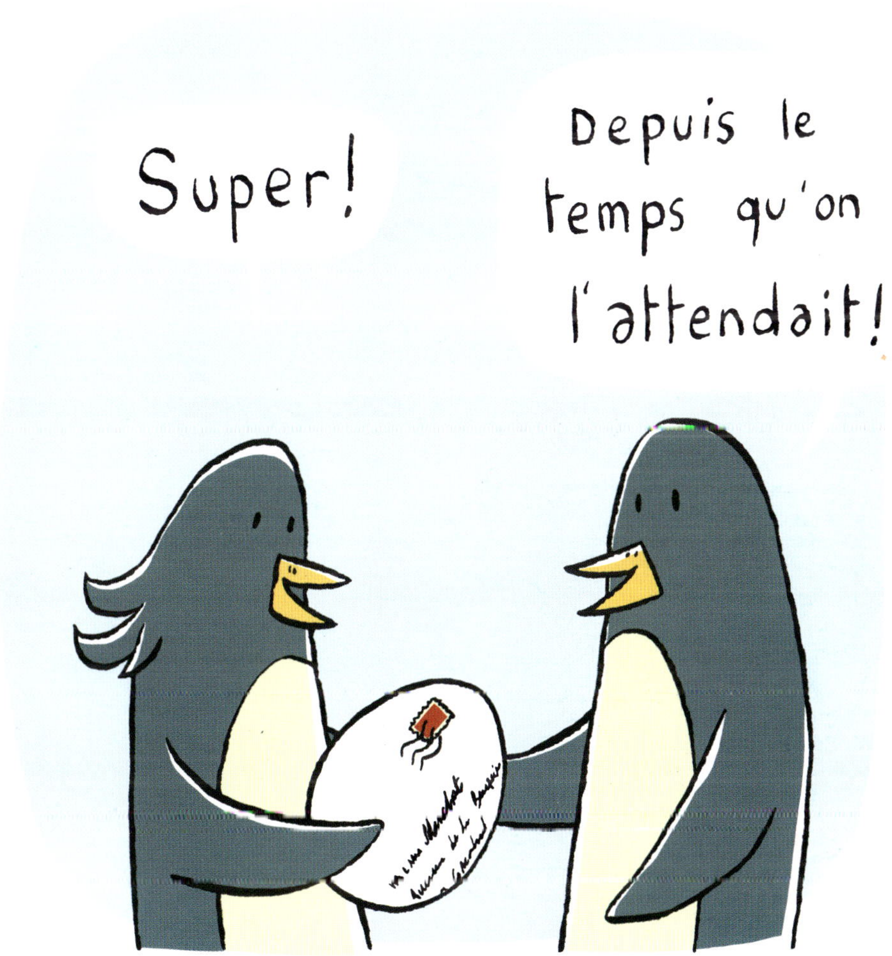
Super!
Depuis le temps qu'on l'attendait!

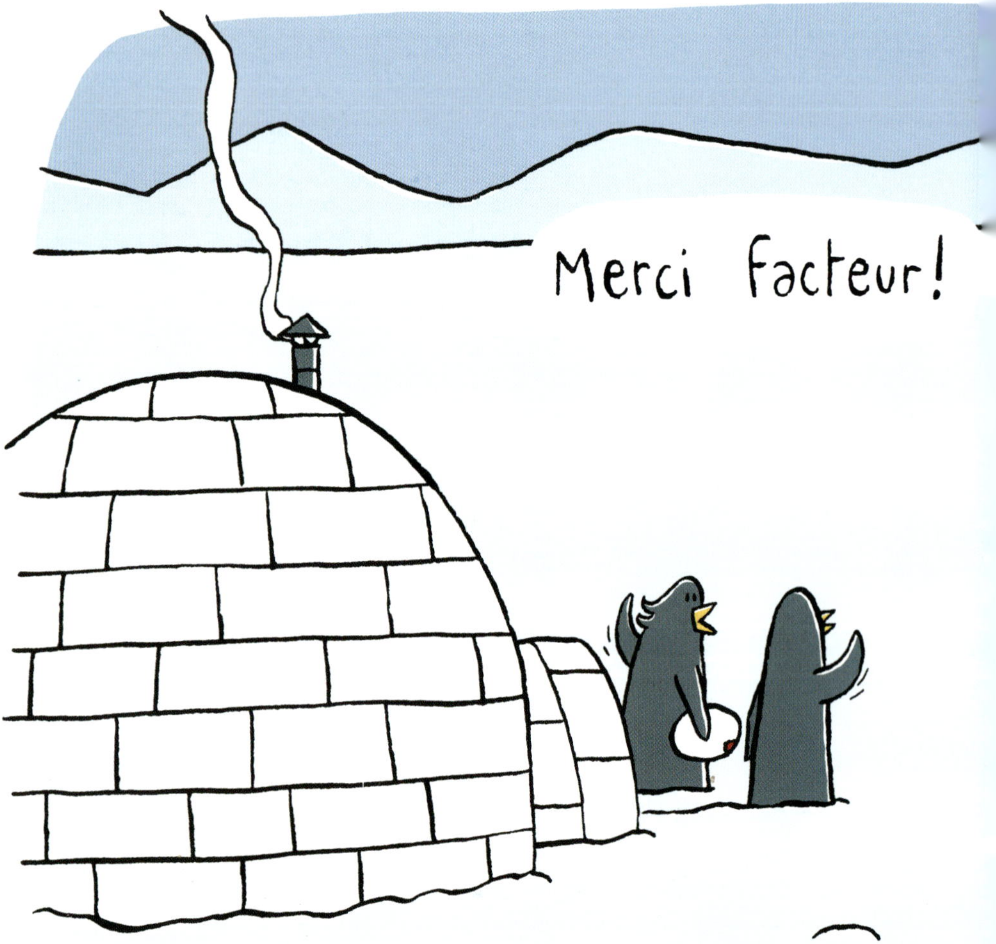
Merci facteur!

À bientôt!

Rentrons vite au chaud.
Je l'ai senti bouger!

CRRR

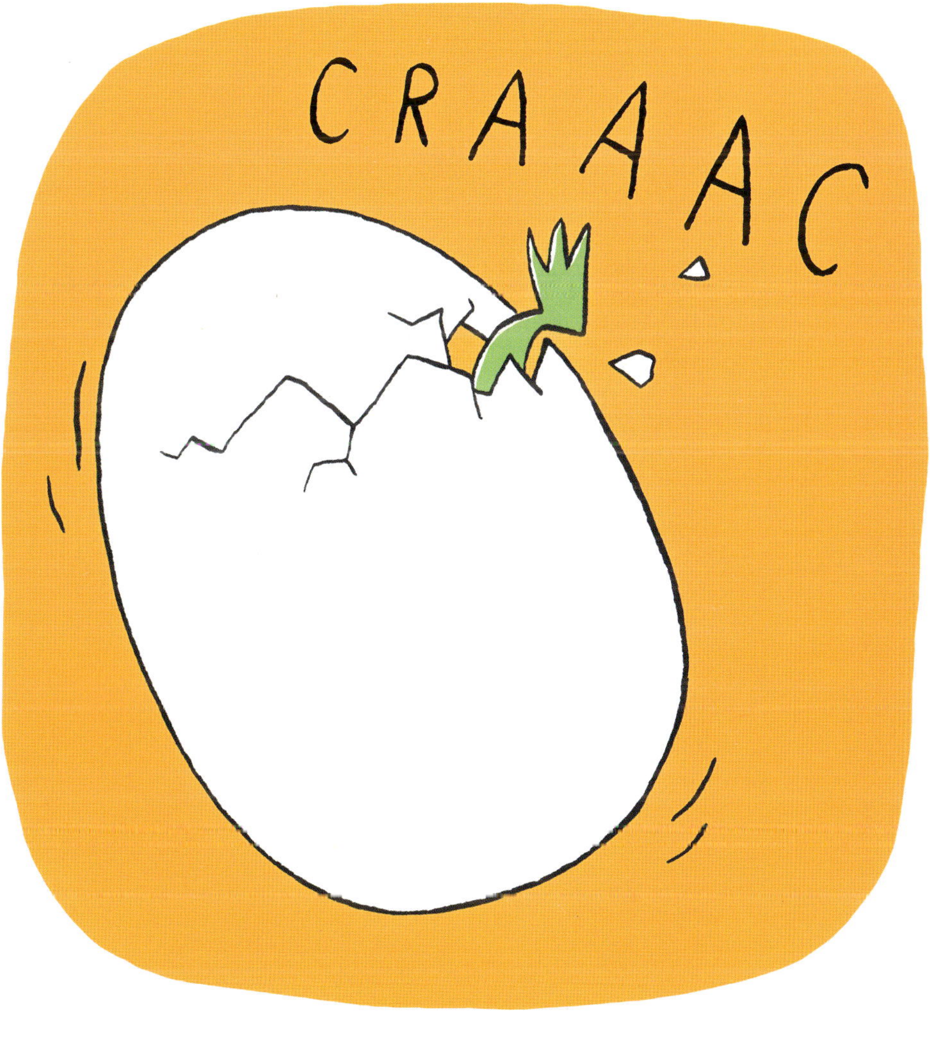
CRAAAC

Mais... qu'e
c'est que

- ce que ça?

J'ai l'impression que le facteur s'est encore trompé...

Bon.

Les enfants!

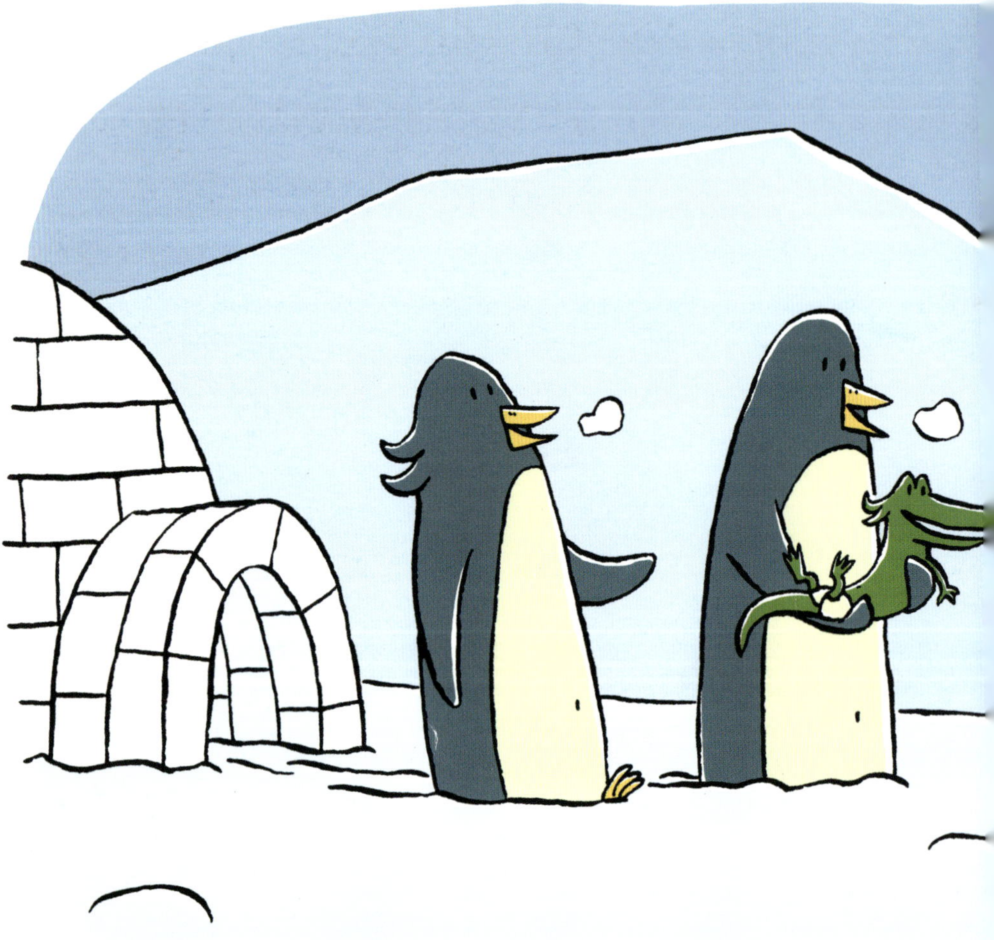

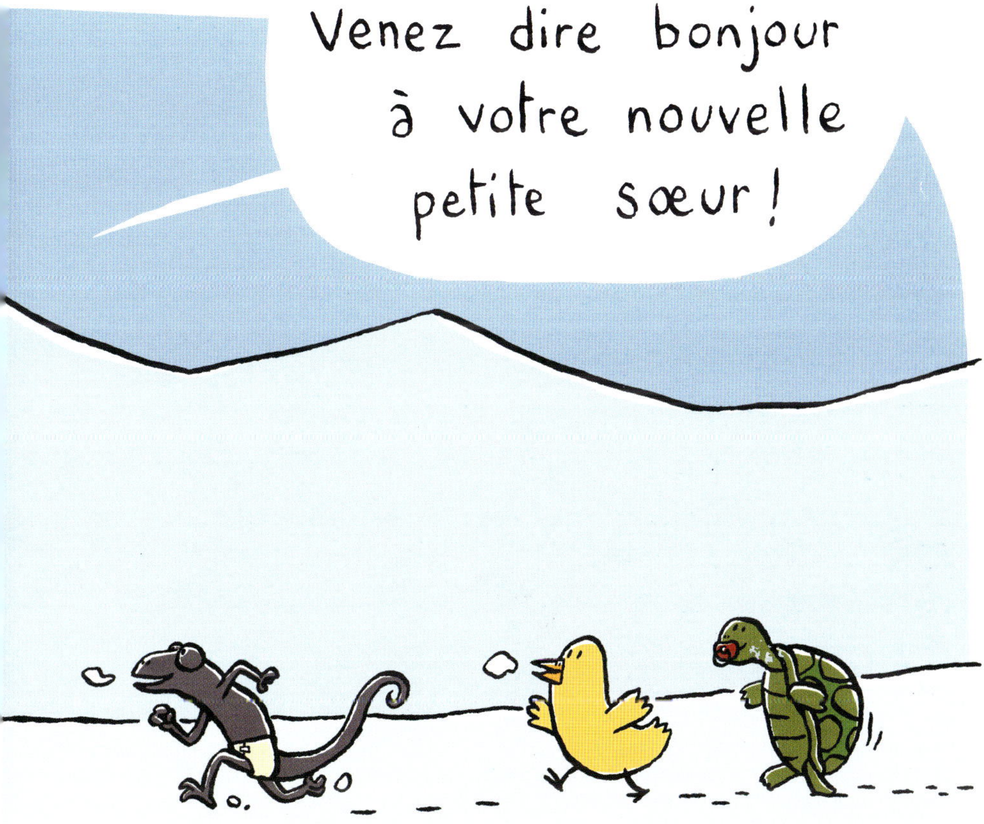
Venez dire bonjour à votre nouvelle petite sœur !

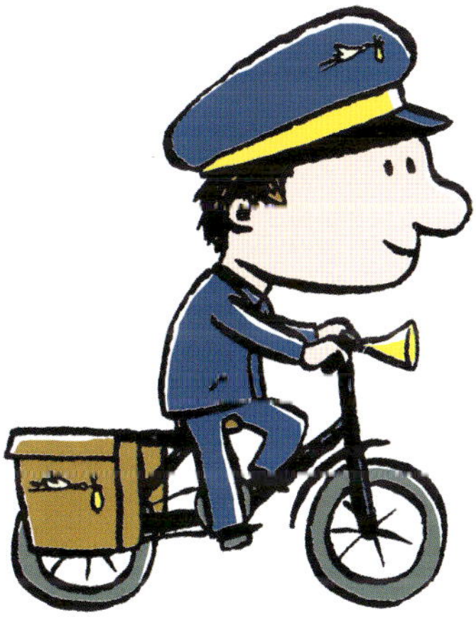